小紅花

Red Flower

文圖 安哲

On that day,
my best friend disappeared ————

在一個不曾被注意到的窗臺邊，

住著一個女孩和她的小紅花。

他們最喜歡一起待在窗臺旁，
讓微風輕拂過臉龐。
那時女孩臉上的印記，
也變得很迷人。

有小紅花陪伴時，

陽光總會特別眷戀著女孩，

讓她不再獨自生活在黑暗裡。

當雨季來臨時，

女孩會為小紅花撐起傘保護它。

當月亮升起時，

女孩會用一個親吻替代一聲晚安。

窗臺外，

月亮纖細的彎鉤下，

有一群小精靈正做著

異想天開的美夢，

牠們帶走那些被遺落的盆栽。

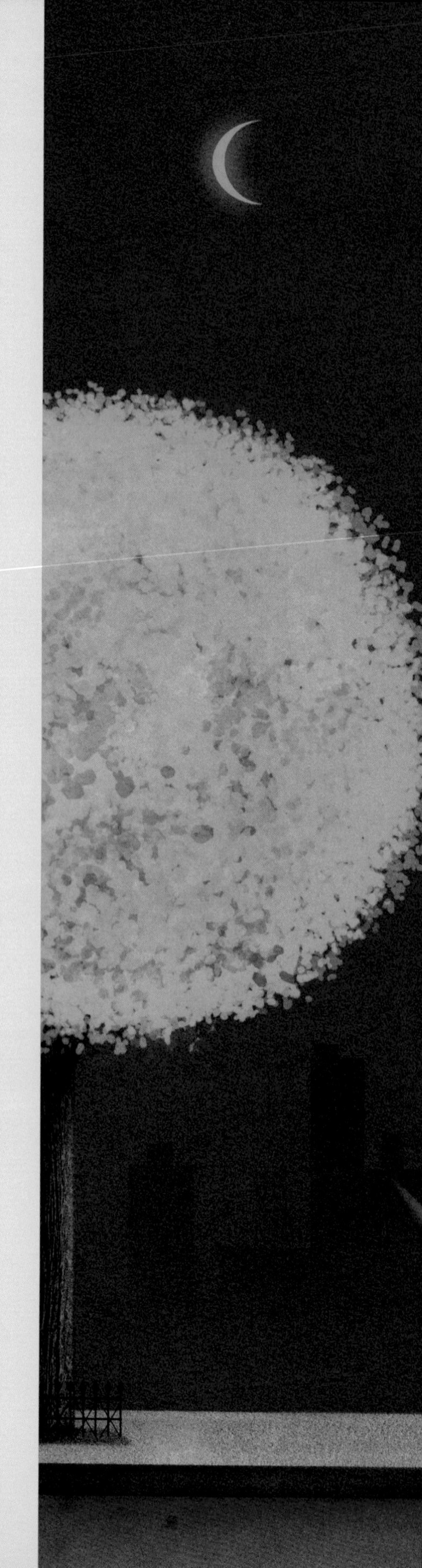

牠們得趕在月亮消失前
離開這個陌生又危險的世界。

這天晚上的微風不像往常
那樣輕聲細語，
除了落葉的聲響，
窗臺上什麼也沒有。

漫漫長夜裡，女孩跟隨著落葉，
小心翼翼的尋找小紅花。

神祕的足跡引領著女孩
來到一片荒涼的森林，
這裡的樹群早已不再低語……

女孩誤闖進一個夢境般的森林裡。

小精靈正細心照顧著盆栽，

希望森林能再次充滿綠意氣息。

但是，女孩的小紅花正蜷縮在破碎的殘骸中……

小紅花不斷的生長蔓延著，
它輕柔的撫慰著這片被遺落已久的大地。

森林裡曾有的美好記憶被喚醒了，

沉睡的枝椏綠葉也充滿生命。

小紅花曾明亮溫暖的陪伴女孩，

但女孩知道這片森林更需要小紅花。

女孩緊緊擁抱著小紅花，

用一個親吻替代一聲道別。

安哲

視覺藝術家、繪本作家。

於 2006 以《奇異國 kiwi country 系列》獲韓國首爾第十屆國際動畫競賽角色故事設計類第 2 名，2013 年作品《清道夫 The Dustman》入圍法國安古蘭國際漫畫節新秀獎，同年作品《禮物 The Gift》於瑞士琉森 Fumetto 國際漫畫節榮獲新秀獎首獎，2014 作品《消失的 226 號 The Vanish no.226》入選美國 3x3 當代插畫展，2018 年以作品《阿河 Aho》入圍義大利波隆納插畫展，2019 作品《黑馬 Black horse》入圍 CCBF 主辦上海國際金風車國際青年插畫家大賽。